AF363525

VENTE

AUX ENCHÈRES PUBLIQUES

Le Mercredi 15 Mars 1905

HOTEL DROUOT, SALLE N° 11

à 2 heures

❊

TABLEAUX

MODERNES

AQUARELLES ET DESSINS

TABLEAUX ANCIENS

DES DIVERSES ÉCOLES

COMMISSAIRE-PRISEUR

Me ANDRÉ COUTURIER

Succ^r de Me LÉON TUAL

56, rue de la Victoire

EXPERTS

MM. J. CHAINE & SIMONSON

19, rue Caumartin

PARIS — MARS 1905

CATALOGUE

DES

TABLEAUX MODERNES

PAR

APPIAN, BALLAVOINE, BERCHÈRE (N.), BOUDIN (E.), CHRÉTIEN,
COURBET (G.), DELPY, DIAZ (N.), DUPRAY, FOURNIER (M.),
FRÈRE (TH.), FROMENTIN (E.), GUILLAUMIN, HEILBUTH, JAPY, JIMENEZ (L.),
LAMBINET, LEBOURG, LE GOUT-GÉRARD, LÉPINE,
MORET (H.), MURATON (EUPH.), PENNE (DE), POZIER, PLASSAN, RIBOT,
RICHET, ROUSSEAU (PH.), SAINTIN,
TIMMERMANS, TROYON (C.), VEYRASSAT, VILLÉON (DE LA), VOGLER,

AQUARELLES, DESSINS

PAR

DAUBIGNY, FRANÇAIS, GÉROME, GRANIÉ, GUILLAUMET, JACQUE (CH.),
JOURDAIN (R.), LECOMTE (P.), MEISSONIER, RIVOIRE, ROUSSEL, SISLEY.

TABLEAUX ANCIENS

DES ÉCOLES FLAMANDE, FRANÇAISE ET HOLLANDAISE

Dont la Vente aura lieu

HOTEL DROUOT, SALLE N° II

LE MERCREDI 15 MARS 1905

à deux heures

<table>
<tr><td>COMMISSAIRE-PRISEUR
Me ANDRÉ COUTURIER
Successeur de Me LÉON TUAL
56, rue de la Victoire, 56</td><td>EXPERTS
MM. J. CHAINE et SIMONSON
19, rue de Caumartin, 19</td></tr>
</table>

Chez lesquels se distribue le Catalogue

EXPOSITION PUBLIQUE

Le Mardi 14 Mars 1905, Salle n° 11, de 1 h. 1/2 à 5 h. 1/2

CONDITIONS DE LA VENTE

Elle sera faite au comptant.

Les acquéreurs paieront *dix pour cent* en sus des prix d'adjudication.

L'exposition mettant le public à même de se rendre compte de l'état et de la nature des objets, aucune réclamation ne sera admise une fois l'adjudication prononcée.

Paris.—Imprimerie de l'Art, E. Moreau et Cⁱᵉ, 41, rue de la Victoire

DÉSIGNATION

APPIAN

1 — *Le Point du jour*.

> Signé à droite.
> Bois. Haut., 15 cent.; larg., 23 cent.

2 — *A Optevoz ; Isère*.

> Signé à droite.
> Bois. Haut., 23 cent.; larg., 29 cent.

BALLAVOINE (J.)

3 — *Jeune Femme rousse en décolleté*.

> Signé en haut à droite.
> Toile. Haut., 46 cent.; larg., 38 cent.

BERCHÈRE (N.)

4 — *Bab-el-Saccarieh ; Caire*.

> Signé à droite.
> Bois. Haut., 26 cent.; larg., 21 cent.

BERCHÈRE (N.)

5 — *Vue de Jaffa.*

> Signé à droite.
> Bois. Haut., 13 cent.; larg., 26 cent. 1/2.

6 — *Vue de Jérusalem.*

> Signé à droite.
> Toile. Haut., 16 cent.; larg., 34 cent.

BOUDIN (E.)

7 — *L'Entrée du port de Trouville à marée basse.*

> Signé à gauche.
> Bois. Haut., 27 cent.; larg., 22 cent.

8 — *Un Canal à Dordrecht.*

> Signé à gauche.
> Bois. Haut., 27 cent.; larg., 22 cent.

CHRÉTIEN (R.)

9 — *Les Fromages.*

> Signé à gauche.
> Toile. Haut., 36 cent.; larg., 27 cent.

CLÉSINGER

10 — *La Mare.*

> Signé à droite.
> Toile. Haut., 22 cent.; larg., 50 cent.

COURBET (G.)

11 — *Environs d'Ornans.*

Au pied d'une montagne rocheuse un ruisseau
torrentueux traverse une prairie verdoyante.
Signé à droite.
Toile. Haut., 1 m. 15 cent.; larg., 1 m. 38 cent.

12 — *Forêt sous la neige.*

Signé à droite.
Toile. Haut., 1 m. 36; larg., 91 cent.

13 — *Gros temps.*

D'énormes vagues se déferlent sur la plage.
Non signé.
Toile. Haut., 98 cent.; larg., 1 m. 18 cent.

DELPY (H.-C.)

14 — *Bords de rivière le soir.*

Signé à droite.
Toile. Haut., 34 cent.; larg., 40 cent.

15 — *Soleil couchant sur la rivière.*

Signé à droite.
Bois. Haut., 16 cent.; larg., 24 cent.

DE DREUX (Alfred)

16 — *Cheval de sang.*

Signé à droite, daté : *Alfred D. D ; 1857.*
Toile. Haut., 81 cent. ; larg., 1 mètre.

DIAZ (N.)

17 — *La Passerelle.*

Non signé.

Carton. Haut., 3o cent.; larg., 27 cent.

DUCHÊNE

18 — *Les Chiens savants.*

Signé à gauche.

Toile. Haut., 45 cent.; larg., 35 cent.

DUMARESQ (A.)

19 — *Manœuvre d'artillerie.*

Signé à droite.

Bois. Haut., 33 cent.; larg., 45 cent.

DUPRAY (H.)

20 — *Gardes du Directoire, Première République.*

Signé à gauche.

Toile. Haut., 33 cent.; larg., 3o cent.

ÉCOLE FLAMANDE

21 — *Le Départ.*

Toile. Haut., 42 cent.; larg., 51 cent.

ÉCOLE FRANÇAISE
(Fin du XVIIIᵉ siècle)

22 — *Une Vestale.*

Elle reste debout ; d'une main, elle relève son voile et entoure de guirlandes de roses une colonne supportant le brasier qu'elle entretient.

Toile. Haut., 41 cent.; larg., 32 cent.

ÉCOLE HOLLANDAISE

23 — *Le Moulin.*

Bois. Haut., 60 cent.; larg., 80 cent.

FOURNIER (Marcel)

24 — *Le Château Gaillard aux Andelys, effet de matin.*

Signé à droite.

Toile. Haut., 54 cent.; larg., 73 cent.

FRÈRE (Th.)

25 — *A Kadi Keni ; rives d'Asie, le Bosphore.*

Signé à gauche.

Bois. Haut., 16 cent.; larg., 24 cent.

26 — *Marché au Caire.*

Signé à gauche.

Bois. Haut., 17 cent.; larg., 13 cent.

FRÈRE (Th.)

27 — *Au Khan Kalil.*

Signé à gauche.
Bois. Haut., 34 cent.; larg., 22 cent.

FRÈRE (Th.) (Copie d'après)

28 — *Marchand de fruits au Caire.*

Bois. Haut., 18 cent.; larg., 14 cent.

FROMENTIN (E.)

29 — *Un Chameau.*

Belle étude sur carton.
Signé à gauche des initiales.
Carton. Haut., 20 cent.; larg., 36 cent.

GERVEX (H.)

30 — *Barque de pêcheur au Tréport.*

Signé des initiales H.-G., à gauche.
Toile. Haut., 41 cent.; larg., 33 cent.

GUILLAUMIN

31 — *L'Église du village.*

Signé à droite.
Toile. Haut., 55 cent.; larg., 70 cent.

HEILBUTH

3₂ — *Domestiques de cardinaux, au Pincio, à Rome.*

> Signé à droite.
> Toile. Haut., 57 cent.; larg., 34 cent.

INCONNU

33 — *Une épée, une mandoline, un masque.*

> Toile. Haut., 55 cent.; larg., 20 cent.

JAPY (L.)

34 — *Sous bois.*

> Signé à droite.
> Bois. Haut., 46 cent.; larg., 33 cent.

JIMÉNEZ (Louis)

35 — *Bergère tricotant.*

> Bois. Haut., 22 cent.; larg., 16 cent.

36 — *Paysanne au repos.*

> Bois. Haut., 22 cent.; larg., 16 cent.

JONGKIND (Genre de)

3₇ — *Canal en Hollande ; effet de lune.*

> Toile. Haut., 65 cent.; larg., 55 cent.

38 — *Canal en Hollande ; effet de lune.*

> Toile. Haut., 40 cent.; larg., 47 cent.

LAMBINET

39 — *Chaumière au bord de l'eau.*

Signé à gauche.
Bois. Haut., 17 cent.; larg., 26 cent.

LEBOURG

40 — *La Seine à Rouen.*

Signé à gauche.
Toile. Haut., 46 cent.; larg., 76 cent.

LE GOUT-GÉRARD

41 — *Sagra à la Bragola; Venise.*

Signé à gauche.
Toile. Haut., 46 cent.; larg., 38 cent.

LE GOUT-GÉRARD

42 — *Le Départ des pêcheurs le soir; Concarneau.*

Signé à gauche.
Toile. Haut., 54 cent.; larg., 65 cent.

LE NAIL

43 — *Cheval bai-clair.*

Signé à gauche.
Bois. Haut., 33 cent.; larg., 41 cent.

44 — *Cheval bai-brun.*

Signé à gauche.
Toile. Haut., 36 cent.; larg., 46 cent.

LÉPINE

45 — *Bords de rivière.*

Signé à gauche.
Bois. Haut., 19 cent.; larg., 31 cent.

46 — *Un Port sur la Manche.*

Signé à droite.
Toile. Haut., 5o cent.; larg., 8o cent.

LUCE

47 — *Environs de Charleroi.*

Signé à droite.
Carton. Haut., 20 cent.; larg., 36 cent.

MONTICELLI (Genre de)

48 — *Femmes dans un parc.*

Toile. Haut., 5o cent.; larg., 6o cent.

MORET (Henry)

49 — *Rochers sur la côte bretonne, marée haute ; effet de soleil.*

Signé à gauche.
Toile. Haut., 65 cent.; larg., 92 cent.

MURATON (Euphémie)

5o — *Les Lapins blancs.*

Signé à droite.
Toile. Haut., 61 cent.; larg., 5o cent.

MURATON (Euphémie)

51 — *Chrysanthèmes et pommes.*

Signé à gauche.
Toile. Haut., 38 cent.; larg., 55 cent.

52 — *Raisins et géraniums.*

Signé à droite.
Toile. Haut., 54 cent.; larg., 46 cent.

53 — *Fleurs dans un vase.*

Signé à droite.
Toile. Haut., 48 cent.; larg., 35 cent.

54 — *Le Bouquet des vendangeurs.*

Signé à gauche.
Toile. Haut., 41 cent.; larg., 33 cent.

55 — *Les Œillets blancs.*

Signé à droite.
Toile. Haut., 41 cent.; larg., 27 cent.

56 — *Un Panier de pêches.*

Signé à droite.
Toile. Haut., 28 cent.; larg., 42 cent.

57 — *Pêches et raisins.*

Signé à droite.
Toile. Haut., 27 cent.; larg., 39 cent.

58 — *Martins-pêcheurs.*

Signé à droite.
Toile. Haut., 22 cent.; larg., 33 cent.

MURATON (Euphémie)

59 — *Pêches et raisins.*

> Signé à droite.
> Toile. Haut., 22 cent.; larg., 33 cent.

60 — *Un Ane au repos.*

> Signé à gauche.
> Toile. Haut., 28 cent.; larg., 22 cent.

61 — *Les deux Amis.*

> Signé à droite.
> Toile. Haut., 33 cent.; larg., 24 cent.

PENNE (O. de)

62 — *L'Abreuvoir de la ferme; soleil couchant.*

> Signé à droite.
> Daté : *1858.*
> Toile. Haut., 42 cent.; larg., 58 cent.

PEZANT (A.)

63 — *Rues au Mont-Javoult.*

> Signé à droite.
> Bois. Haut., 16 cent.; larg., 24 cent.

PLASSAN

64 — *La Seine au Bas-Meudon; temps couvert.*

> Signé à droite.
> Bois. Haut., 21 cent. 1/2; larg., 33 cent.

PLASSAN

65 — *Chaumière sur la vieille route à Auvers-sur-Oise.*

> Signé à gauche.
>> Bois. Haut., 21 cent.; larg., 27 cent.

POZIER

66 — *Le Moulin Limbour, Pont-Aven.*

> Signé à gauche.
>> Toile. Haut., 55 cent.; larg., 38 cent.

RIBOT (Th.)

67 — *Nature morte.*

> Signé à gauche.
>> Toile. Haut., 25 cent.; larg., 32 cent.

68 — *Tête de Femme âgée.*

> Signé à droite.
>> Toile. Haut., 33 cent.; larg., 27 cent.

RICHET (Léon)

69 — *Paysage; soleil couchant.*

> Signé à gauche.
>> Toile. Haut., 65 cent.; larg., 81 cent.

ROUSSEAU (Philippe)

70 — *Pommes et raisins.*

Signé à gauche.
Toile. Haut., 33 cent.; larg., 46 cent.

71 — *Un Clapier.*

Cachet de la vente.
Toile. Haut., 22 cent.; larg., 35 cent.

SAINTIN (H.)

72 — *Paysage.*

Signé à droite.
Toile. Haut., 27 cent.; larg., 46 cent.

73 — *Les Foins.*

Signé à gauche.
Toile. Haut., 27 cent.; larg., 42 cent.

SAUVAGE

74 — *La Mansarde.*

Signé à gauche.
Bois. Haut., 43 cent.; larg., 32 cent.

SCHUT

75 — *Sujet biblique.*

Cuivre.
Haut. 46 cent.; larg., 36 cent.

SOULL'ARD

76 — *Pont de l'Arche, au port ; soleil couchant.*

> Signé à droite.
>
> Bois. Haut., 31 cent.; larg., 43 cent.

THIOLLET

77 — *Entrée de village.*

> Signé à droite.
>
> Bois. Haut., 19 cent.; larg., 27 cent.

78 — *Bords de rivière.*

> Signé à gauche.
>
> Bois. Haut., 27 cent.; larg., 19 cent.

79 — *En vue de Honfleur.*

> Signé à droite.
>
> Toile. Haut., 59 cent.; larg., 52 cent.

TIMMERMANS

80 — *Les Commères.*

> Signé à droite.
>
> Toile. Haut., 60 cent.; larg., 77 cent.

81 — *Barques de pêche.*

> Signé à droite.
>
> Toile. Haut., 55 cent.; larg., 38 cent.

TROYON (C.)

82 — *Le Chemin du moulin.*

> Signé à gauche.
>
> Bois. Haut., 32 cent.; larg., 24 cent.

VEYRASSAT (J.)

83 — *Cour de ferme.*

La fermière tire de l'eau au puits de la cour pour alimenter l'auge dans laquelle boit un cheval sous traits avant de retourner aux champs.
Signé à droite.
Bois. Haut., 16 cent.; larg., 23 cent. 1/2.

84 — *Les Aniers d'Algérie.*

Signé à droite.
Bois. Haut., 24 cent.; larg., 34 cent.

VILLÉON (De la)

85 — *Un Arbre séculaire au bord d'une rivière.*

Signé à droite.
Toile. Haut., 82 cent.; larg., 1 mètre.

VOGLER

86 — *Effet de neige.*

Signé à droite.
Toile. Haut., 61 cent.; larg., 73 cent.

AQUARELLES
PASTELS, DESSINS

BERCHÈRE (N.)

87 — *Environs du Caire.*

> Dessin rehaussé à l'aquarelle; cachet de la vente après le décès de l'artiste.

DAUBIGNY (C.)

88 — *Troupeau de bœufs.*

> Dessin à la sanguine.
> Signé : *C. D.*

DELACROIX (Eug.)

89 — *Espagnols.*

> Aquarelle.
> Signée à gauche.

FRANÇAIS

90 — *La Chapelle de la Madone.*

> Aquarelle.
> Signée à droite.

FROMENTIN (E.)

91 — *Aïn Ousera.*

Daté : *29 mai.*
Superbe dessin mis aux carreaux pour l'exécution du tableau : *Les Vautours.*

GÉROME

92 — *Un Lion dormant.*

Dessin à la mine de plomb.
Signé à droite.

93 — *Un Musulman.*

Dessin à la mine de plomb.
Signé à droite.

GRANIÉ

94 — *Tête de Jeune Fille.*

Dessin à la sanguine.
Signé à gauche.

INCONNU

95 — *Souvenir d'Italie.*

Gouache.

GUILLAUMET (G.)

96 — *Tête d'Arabe.*

Dessin au crayon Conté rehaussé de crayon blanc.
Signé à droite.

GUYS (Constantin)

97 — *Au Bal Mabille.*

Dessin rehaussé.

JACQUE (Ch.)

98 — *Poules.*

Dessin à la mine de plomb.
Signé à gauche.
Cachet de la vente.

JOURDAIN (Roger)

99 — *Une Jeune Femme, en canot, cueille des iris; éventail.*

Aquarelle.
Signée à gauche.

LECOMTE (Paul)

100 — *Marine.*

Aquarelle.
Signée à droite.

MEISSONIER (Ch.)

101 — *Un Soldat sous Louis XIII.*

Aquarelle.
Signée à droite.

RIBOT (T.)

102 — *Jeune Garçon.*

> Dessin.

103 — *Tête de Femme.*

> Dessin.

104 — *Un Chat.*

> Dessin.

RIVOIRE

105 — *Azalées ; éventail.*

> Aquarelle.
> Signée à droite.

106 — *Giroflées et divers objets.*

> Aquarelle.
> Signée à droite.

107 — *Iris : éventail.*

> Aquarelle.
> Signée à droite.

ROUSSEL

108 — *Lisière de bois.*

> Pastel.
> Signé à droite.

SCOTT (Georges)

109 — *Un Bédouin de Tunisie.*

>Aquarelle.
>Signée à droite.

SISLEY

110 — *Paysage.*

>Pastel.
>Signé à gauche.
>>Haut., 32 cent.; larg., 45 cent.

STEINLEN

111 — *Un Coup de vent.*

>Dessin au crayon Conté.
>Signé à droite.

THIOLLET

112 — *Environs de Honfleur.*

>Fusain.
>Signé à gauche.

TAPISSERIE MODERNE

113 — Sujet d'après Teniers.

>Haut., 2 m. 36 cent.; larg., 2 m. 94 cent.